U0021945

喜歡，普通生活

보통의
것이 좋아

圖·文／Banzisu 潘芝秀

譯／郭宸瑋

目次 Contents

Intro.
留在心中的幸福片段

無論是日常生活中，或是綜觀我們的人生，
都會受到氣氛的影響，我們也會透過氣氛來記下逝去的時光。
此外，在他人的藝術作品中感受到的震撼，
也經常會轉化成氣氛而被察覺。

氣息、溫度、香味、天候，
以及相應的時間與空間中，人們所傳達出來的氣息等，
都會成為留在心中的片段，我想將這些事物描繪出來。

我走走停停，蒐集每一個路過的瞬間，用眼睛記錄。
這些點點滴滴，成為了我還能愛這個世界的證明。
「啊，原來世界上值得愛的事物依然很多。」
這樣在心裡吶喊之後，我決定要更信任餘生。
若問還有什麼能讓我鞏固信念，
我想就是這些平靜也普通的瞬間，讓我無法停下腳步。
每個平凡人的臉上，都承載了所有的一切。

Part 1

發現每一個
幸福所在之處的方法

　　走進從未踏入的弄巷、在沒去過的地鐵站下車，這種選擇對我來說更有意思。如果眼前的路看起來像是「不是生活在當地的人，就絕對不會經過這裡」，那麼我就一定會走進去看看。即使前往著名的觀光景點，我也不喜歡事前準備，因為在一無所知的狀態下，遇見意外與驚喜會更有趣。

走進朋友住的高層公寓，往下俯瞰坡道，眼前風景散發的氣氛靜靜地在我心底掀起波瀾。涼爽的微風輕吹，行道樹荵荵鬱鬱，參天的銀杏樹舞動著翠綠的枝葉，這幅初夏的景象很美麗。遠處無數枝葉如慢動作般搖曳晃動。

我沒有住過公寓大樓，對於從高處往下眺望的景色十分陌生。我在名為慶北禮泉郡的五萬人小鎮長大，不熟悉高樓大廈。在禮泉，沒有大型超市、沒有雙向六車道、沒有寬大的斑馬線及紅綠燈，甚至也沒有多少汽車，所以當行人穿越馬路的時候，都是自己隨機應變（不過最近似乎出現了好好遵守交通規則的趨勢），因此一群人蜂擁而上的過街景象十分稀有。所以當紅綠燈變換燈號，從超市採購完的阿姨阿嬤聚集在一起，一窩蜂穿越馬路的景象在我看來是極其都市化的風景。

來到首爾之後，雖然我也喜歡從南山或是社區的後山往下俯瞰風景，不過從這個高度往下看的世界，跟從南山塔或山頂上看到的景象完全不同。隔著不近也不遠的距離，移動中的行人只有樂高積木那麼小，無論怎麼觀賞，似乎都不會厭倦。

我仔細端詳街景，發現行經此處的人多為中年女性。原來大家都是在這個時間點出來採購啊！我也曾經自己料理三餐，食材通常買得不多，都用塑膠袋裝，但那些阿姨使用的是佈滿

歲月痕跡的菜籃或手推車，看上去相當能幹。

「這個時間外出的人們看起來都很幹練。」沉甸甸的菜籃裡裝的食材並非隨意挑選而來，這些食物最終都會變成孩子放學回家，或者先生下班回家之後的盤中飧。

如此稀鬆平常的畫面，為何我會感到如此陌生？絕不僅是因為眼前風景屬於都市。平日白天，我不是待在家中，就是在學校上課，又或者在打工賺錢，從未仔細觀察過這個時間的世界是如何運轉的。白天，當我在上課、許多人也還在公司上班的時候，竟然有這麼多的母親正在做這些事情！我對此從不特別感到好奇，也不曾花心思去注意，這些每天奔波的女性們，正是為了餵養身邊的人而下廚。酒足飯飽之後，該念書的去念書，該工作的去工作。為了讓這個世界正常運作，母親總是默默付出，這何嘗不是另一種形式的晨間劇女主角呢？

鹽里洞

三年前，為了節省房租，我決定跟朋友合租。由於我對地點沒有執著，因此找了朋友學校附近的房子，位於名為「鹽里洞」的區域。那是我第一次踏足鹽里洞。看房子的時候，這個區域並沒有給我太多心動或期待的感覺，只覺得它比首爾偏僻，或者說老舊，雖然在這一點上確實頗有一番風情，但也僅只於此。那時我住在考試院，只要比考試院舒適的地方，我都覺得很不錯。

然而，實際住過後才明白這個地方有多棒。打開家門，在巷子裡走上大約一分鐘，就能看見水果店、咖啡廳以及性價比頗高的麵包店，還有販售手工豆腐以及大醬的商家，美味到讓我馬上成為常客。再繼續步行五分鐘，有區政府營運的文化中心。家門前大馬路對面就是京義線林蔭大道，人行道旁有許多風格獨特的咖啡廳及酒吧。

那時的我正處於轉職的當口，從每天通勤的上班族變成自由接案者，能夠自由支配的時間一下子多了起來。半推半就成為自由接案者之後，我開始過起整天憂心忡忡的日子，需要心理建設來面對全新的家與未來的生活。值得慶幸的是，這片區域嶄新的景色令我著迷，因此我經常外出散步，即使出門時心情沉重，也都能在回程的路途上變得輕鬆許多。

搬家後不久，我清晰記得那是五月的某一天。春季氣候宜人，我陶醉在春色之中，隨意走進一條沒走過的路，就看見附近的阿姨們聚集在一輛載著各式小花盆的卡車攤販及咖啡廳前嘻笑閒聊。視線所及之處，大紅、鮮黃、粉紅色的鮮花繽紛齊放。賣花的大叔與老奶奶們坐在戶外的椅子上，沐浴在陽光中談天說地，一路延伸到孔德的京義線林蔭大道上，全都是散心漫步的行人。此刻，倘若要我回想當時的氣氛與氣味，我也能夠立刻憶起一切，那段路途是如此令人心曠神怡。

　　我在那段散步之旅中，感受到這個區域給我的歸屬感，彷彿這新鮮的空間都變成屬於我的事物。感受在此地生活的人們流露的自然情緒，我也開始想要跟這些人一樣親近這片土地。

　　第10頁的插畫正是那時留在我記憶中的畫面。雖然這張圖與我最近的畫風有些不同，但仍是依照我個人的喜好與觀察得到靈感後所繪製的作品。鹽里洞的生活與這幅畫成為契機，讓我認真畫出一幅風景畫，這幅作品令我充滿成就感。

　　PS. 京義線林蔭大道以鹽里洞為起點，中間雖有若干車道橫亙，但是整條道路一直延伸到孔德站。若是熟悉延南洞京義線林蔭大道的人，我很推薦沿著這條線徒步到新村或孔德，你會在途中遇見許多有趣的風景。

我曾做過一份工作，不僅工作內容過於模糊，令人困擾，就連上下班時間都十分模糊，所以我總是吃完午餐才進公司。那時我去了同一塊區域附近的炒年糕店。

門可羅雀的店裡，只有我一個客人，外頭忽然下起滂沱大雨。時值正中午，整個世界都被烏雲籠罩，一片灰藍色環繞四周，雨水傾瀉而下。雖然我有帶雨傘，卻沒想過暴雨會下得如此急且大，心情一下子跌到谷底，不想接受這情景。

我還記得當時的心情。應該要放棄、想要放棄的事情等等，將我的一整天塞滿。店裡只有我一人，炎炎盛夏中，冷氣讓室內充滿涼意。我看著窗外漸漸暗下的景色，一口接一口吃著炒年糕。炒年糕是我最喜愛的食物之一，那天卻品嚐不出滋味。

我之後的行程並不急，要等雨停也不是不行，可是我不想這麼做。於是，即便外頭下著暴雨，我仍撐開輕巧的雨傘闖進大雨之中。我已經厭倦了等待與凝視著停滯的事物。

那天過後沒多久，工作上出現了我預期之外的結果。第15頁的插畫是我看著當時在店裡拍下的照片所繪製的作品。二十幾歲的時候，我的情緒經常隨著變化莫測的天氣起伏，感傷的

日子不少，總覺得求而不得、事事不如意且滿腹疑問。

　　然而，經過二、三年的時間，我已經能夠泰然自若地想：「對啊，當時經常有這種憂鬱的日子呢……」其實現在也依舊無法事事如意，但即使外頭下起雨，我也不會再垂頭喪氣。

那樣看起來就很棒

　　這幅插畫中的地點位於東大門區資訊化圖書館的正前方，從我就讀的大學步行二十至三十分鐘便能抵達。當時，我住在距離學校約一分鐘路程的里門洞，從住處出發到這裡，也必須花費差不多的時間。我並不是特地找到這裡，也不是因他人推薦而來，而是我在學校周邊閒逛時無意間發現的，從此愛不釋手。這個地方與我的學校有些距離，在我校學生之間似乎並不有名，因此變成只屬於我的祕密基地。

　　即使到圖書館必須走好一段路，我仍選擇步行。除了我本身喜歡走路之外，這條路上有一種十分浪漫的氛圍。從我的住處出發到位於中間的回基洞，箇中巷弄錯綜複雜（以我這個路癡而言），每次都有可能走出不同的路線。過了回基洞之後，就會開始出現遠離城市的感覺。

　　圖書館正後方是洪陵近鄰公園，大馬路正對面則是洪陵樹木園（國立山林科學院）。四周大馬路上沒幾間商店，反倒種滿了行道樹與樹叢，因適合散步而廣為人知。樹叢旁有一座小池塘，往祭基洞的方向稍微步行若干距離，就可以看到連接散步小徑的貞陵川，圖書館的屋頂上還有一座小小的庭院。那處人跡罕至，我常獨自坐在那裡，盡情享受舒適的天氣。

大學時期我是每天都在社團及學生會之間忙碌的那種學生，但我不只在學校裡外東奔西跑，也經常這樣度過獨處的時光。

　　有一次，我複習完期中考，隻身從圖書館離開時，看見一群莫約國中年紀的孩子正在拍攝團體照。當時正值風光明媚的春天，圖書館周圍櫻花盛開，充滿淡粉色的櫻花以及鬧哄哄的孩子們。

　　他們是來郊遊的嗎？考完試了嗎？是因為愛花才來這裡賞花的嗎？眼前的這幅景象真的非常動人，但竟然只有我看見！如果我朋友也在場，一定會跟著我一起大喊：「好可愛呀！」眼前的景象如此美麗，讓我心生獨享太可惜了的心情。那群孩子拍完照片後，一窩蜂地消失在公園一隅，我則暫時沉浸在稍早那美好的景色中。那股開朗的能量感染了我，使我的心情變得祥和。

　　這幅景象讓我感到萬分幸福。這樣的時光也許已經超越春天這個季節，成為了我人生中的春天。那些孩子知道自己看起來無比耀眼嗎？我還是學生的時候，也曾在某個人眼中如此美麗嗎？此刻別人眼中的我，是否依舊明媚動人呢？即便那群孩子在櫻花樹下歡樂嬉笑，平時是不是也會為考試壓力而苦呢？

　　然而，就算只是我從遠處看來美好的景象，我仍擅自覺得「那樣看起來就很棒」。我想像其他人也會被我的模樣打動，喃喃低語道：「那樣看起來就很棒。」

名為綠色的幸福

　　當我遊走在都市中，發現一些綠色生物時，都會感到莫名欣喜。也許是搬到首爾前我一直住在山上，所以很喜歡爬山，不過我對著名的國家公園沒有執著，經常就近前往住處附近的公園或後山。我沒有正式的登山裝備，喜歡隨便穿一雙鞋、一套衣服，就在山林間進行一場輕便的登山之旅。

　　無聊的時候，我通常會去天藏山或駱山公園，不過我在首爾最喜歡的登山地點是與我家有一些距離的南山公園。有一回，恰巧遇到大學課程學分、感情、打工狀況連連碰壁，日子極度不順的時期，我失心瘋似的一路朝南山頂峰攀登。光是看著樹木、都市以及人群，就能感受到這座城市中令人喘不過氣的陌生，我回到家洗過澡、躺上床後，才湧現一股無法言喻的輕鬆及快意。

　　自從那天之後，倘若遇到不如意的事情，登南山就變成我的固定行程。就算硬要擠出時間，我也會獨自踏上南山。在明洞或東大入口下車，跳過搭乘纜車的選項，步行到最高點。不依賴地圖，相信自己的雙腳，信步而行。抵達山頂，簡單環顧四周風景之後，依循原路下山。比起登頂後的景觀，我更喜歡上山、下山的過程，這樣流下的汗水，讓身心備感舒暢。這種無與倫比的暢快，是爬山以外的活動所無法體驗的。

如同我對南山的熱愛，我也同樣喜歡南山四周的小鎮。南山附近一片安寧的區域中，有厚岩洞與素月路。小鎮上有許多巨大且古老的樹木，年紀幾乎跟我爺爺或是我的祖先差不多。我很喜歡這些樹木。雖然我小時候也住在鄉下，但自從去了厚岩洞之後，我才開始認真畫樹木及樹葉。右頁插畫中的樹木在我剛開始畫這張圖沒多久，枝條就被全數砍除了。

　　聽說，作為美軍基地駐紮分部的厚岩洞有一片寬廣的土地，未來會在其上擴建一座公園。倘若能夠拓展與樹木共處的空間，這座城市裡的居民肯定會過得更加幸福。

享受天氣的權利

　　無論是小朋友還是老奶奶、大叔還是阿姨、學生還是你我他，都會在櫻花樹下拍照。冬季即將落幕，和煦的暖意戰勝寒涼，所有人都為了享受陽光而外出。騎上腳踏車，套上輕薄的圍巾，揹上簡便的背包，穿上稍微花俏的衣裳……出門賞花。就只是為了賞花，為了獲得陽光。

　　我啊，真的很喜歡這幅景象。每個人都有享受燦爛天氣的權利。我享受著這份權利，眼前嶄新的風景再次令我備感幸福。我不斷蒐集這些幸福，獲得繼續活下去的力量。春天是比任何東西都有益身心的事物。

　　我曾經短暫造訪東京。我去了許多景點，其中最想去的就是神保町舊書街。一次偶然間，我在社群媒體上得知此處，便將其加入我的人生必去清單中。不過我實際抵達那裡時天色已晚，許多商店都關門了。儘管如此，這條街依然沒有辜負它「世界上最大書街」的稱號，能逛的書店依舊不少。

　　舊書街上，有專門販售古書、地圖相關書籍、貓咪相關書籍、藝術用書、玩具以及浮世繪的店，當然也有只販售相框與畫作的店家。這裡的書店並非都老舊不堪，每一間都有自己的主題，令我流連忘返。我不懂日文，沒辦法盡情遊覽，但是充滿圖書與畫作的環境讓我激動不已。我參觀了每一間店家，懷著不知所措又激昂的心情，逛了一間又一間。竟然有專門販賣畫作的商店！與畫廊及書店的氣氛截然不同，古典韻味十足且充滿情懷。由於大部分是舊書，價格不會太貴。如果有機會的話，我也想在韓國經營一間專門販售繪本的店。

　　這是我在這趟旅行中萌生的念頭，過了幾年之後，我發現韓國各地都開了許多以販售繪本為主的店。我還想回到這個地方，再次感受街道每個角落都充斥著繪本書店的氣氛。我正在學習日文，如果能夠再次前往神保町舊書街，一定能夠更加享受舊書街的旅程。

發現的快樂

　　我不喜歡被推薦散步路線。如果事先做了功課，就會損失許多趣味；我也不願讓自己懷有過多期待，有期待就會失望，所以我喜歡在完全「空白」的狀態下進行探索。

　　走進一條住處附近從未踏足過的巷弄，或是在未曾去過的車站下車隨意逛逛，對我來說更有意思。如果這個地方給我一種「假如不是生活在此的人，就絕對不會經過」的感覺，那麼我就一定會走進去瞧瞧。即使要去著名的觀光景點，我也不喜歡事先做功課。在一無所知的情況下所發生的突發狀況，比什麼都來得有趣。

　　基於我的這種個性，當我為他鄉訪客進行導覽，或是與喜歡事先安排計畫的朋友同行時，都會緊張萬分，冷汗直冒。有一次，我帶朋友去我自己獨自探訪後十分喜歡的忠武路，卻得到朋友「這裡什麼都沒有啊」的反應，讓我對此變得小心翼翼。獨自一個人前往時，明明能夠發現許多有趣的事物，但若是作為一個導覽者，我反而不想讓對方懷抱期待，以為這裡有什麼了不起之處。

　　我的兒時好友妍美在這方面就跟我相當合拍。妍美平時住在釜山，現在人在國外。如果我要去釜山旅遊，就會跟妍美一

起。見面時，我們會帶著底片相機到處逛，拍攝許多照片。

　　這幅插畫是妍美出國之前，短暫停留首爾時，散步過程中所見的風景。盆栽盛滿午後四點的陽光，工讀生正在為開店忙碌不已，我很喜歡這幅風景，因此也跟著欣賞了一陣子。我不禁想著「太美了」的時候，妍美已經開口說：「哇，這真是太美了。」雖然我不喜歡與人同行，卻十分想念跟妍美一起散步的時光。

延南洞的猿龜拉麵店是我先生經營的餐廳（目前交給一名日本廚師全權管理）。由於我先生在延南洞開了這間店，我也開始了在這裡的生活。我先生原本在大企業工作，看了日劇《深夜食堂》後開始熱衷日本料理，甚至毫無預警地向公司提出辭呈，說要去日本學習日本料理與飲食文化。他在日本每天吃拉麵，從早到晚都在拉麵店工作，那時的他非常享受這個過程，一點也不覺得疲倦。

後來，我先生回來韓國開了一間拉麵店，五年間培養了許多熟客，也搖身成為一間人氣店。儘管如此，他仍然努力找尋優質食材，觀看許多關於拉麵的影片，購買拉麵相關書籍，每天翻閱好幾次。光是關於拉麵的書，就擺滿我們家裡兩座書櫃。

我對餐飲業沒有太大興趣，但聽了我先生的經歷後，敬佩之心油然而生。竟然可以將單一料理鑽研到這種地步？原來還有這種單一品項的專門餐廳？我對於我先生的這個面貌感到訝異不已。付出這麼多努力後，能夠被許多人喜愛，是一件讓人慶幸的事情。

雖然這麼說有點可笑，但我認為一間沉靜溫暖的餐廳，不僅能夠讓人填飽肚子、提供美味的料理，也能在我們生活中佔

據重要的一席之地。仔細回想，我在都市生活的時光，也依賴著許多經常光顧的餐館與咖啡廳，尤其獨自生活的時候更是如此。在餐館或咖啡廳裡跟朋友一起念書是我最快樂、也最平靜的回憶。工作感到疲憊時，就想要去我經常拜訪的咖啡廳，無論是吃頓飯或是單純打發時間，根據那家店的氣氛或是我個人的偏好，都能得到慰藉，讓心情恢復平靜。對於漂流不定的都市人而言，這些店家甚至可以說是第二個家，也像是一個社會共同體。

我先生的店每天都在為客人製造回憶、給予安慰，想到這點便覺得我先生更加帥氣了。遇見我先生，再得知猿龜拉麵店的故事後，我多了一個新的視角。走在街上看到心儀的餐廳時，我會浮現這樣的好奇：這間店的老闆擁有怎樣的人生？他身上又有怎樣的故事？同時，我也想要對這些人輕聲說：「謝謝您努力打造出這麼棒的空間。」

初
戀

　　每當我在描繪樹葉交錯的陰影間投射出來的光線時，都會很好奇有沒有可以形容這種畫面的詞彙，查了一下才知道有。用韓語來說，就叫做「볕뉘」。

　　字典上的解釋如下：
　　1. 透過隙縫短暫照射進來的陽光。
　　2. 照進陰暗處的一縷微弱的陽光。
　　3. 從他人那裡得到的照顧或保護。

　　這是我第一次知道這個詞彙，卻覺得莫名熟悉。第二個注釋尤其美麗。現在我終於能將「從樹枝間照射下來的陽光」這句話用一個單字來表達了。

　　我畫出陽光灑落的圍牆外，走在放學路上的學生。那時的我正在散步，湊巧看見一名同學望向馬路對面的女孩，雙腳躊躇停頓了幾秒。實在太可愛了。我心想回家後我一定要把這個畫面描繪出來。我在這幅畫中加入了一個小玩笑，就是另外一位身穿黑色T恤的男同學臉上的紅暈。
　　在光影錯落的樹下悄悄偷看女孩子的男同學，這個畫面不

是很珍貴嗎？雖然不清楚他們之間是否有戀愛關係，但我還是擅自為這幅畫定下標題：〈初戀〉，這也是為了讓這個畫面看起來更加美好的小加值。

　　這幅插畫是我在每天都會行經的通勤路上，見到身著輕便校服的學生們。畫面就像電影般美好，卻其實是這個小鎮每天都在上演的景象。明媚的天空下，景致宜人的路上，所有人都好似活在未被拍攝的電影之中。

　　若說五月是玫瑰的季節，那麼六、七月就是凌霄花的季節。花瓣呈現美麗的珊瑚紅，深綠的葉片也一同爭豔。城市裡看得見的花中，我能喊出名字的只有千層塔、苦菜、蒲公英、繡線菊、櫻草、凌霄花。儘管如此，只要知道花的名字，就能在散步時故作開朗，跟朋友說：「已經到了千層塔花開的季節了呢！」光是這一點，就讓我想多了解更多花的名字。

考試那天的放學路

　　這幅插畫是我從家出發大約五分鐘的路程中，某間學校後門的風景。由於正值考試期間，學生可以更早放學。還記得那段時期，我在平時應該在上課的時間走出學校大門的陌生感、必須準備隔日考試的壓迫感，還有跟朋友一起對考卷答案的心亂如麻。在那之後又經過十幾年，我成為了一個在下午三點能夠享受沒有考試煩惱的成年人，實在太棒了！只不過取代考試的是交稿期限……

貓咪的鄰居

我跟朋友一起住在鹽里洞時，我們家位在一條死巷子裡，那條窄巷小到難以容納一台小型汽車。房子緊密排列，屋子與屋子之間隔著一層樓高的牆壁，一道接著一道的矮牆連綿相接，將房子四周包圍起來。我們住在一樓，區隔我們家與後面那棟房子的牆幾乎遮住我房間窗戶三分之二的風景。

經常有附近的流浪貓從矮牆上經過。午後，貓咪悠然在矮牆上悄步行走，剪影透過逆光投射在窗戶上。有一次，我的窗戶敞開，貓咪還往我房間瞥了一眼。

隔壁有一棟獨棟公寓，綠色的大門十分老舊，門前有棵挺拔的棗樹。那扇大門總是微微打開一道小縫，貓咪會穿梭在門與矮牆之間。這幅插畫中所畫的正是我在鄰家後院見到的貓咪。

我家所在的鹽里洞的街道小巷中，到處都是愛貓人士為了流浪貓準備的飼料。距離我家不過幾公尺的偏僻小巷裡，也有不知何人放置的飼料與飲水。我心想，正因此我才能經常看見流浪貓吧。此外，我猜測我家外面的矮牆就是通往那處的捷徑之一。

由於飼料碗只有一個，所以也時常看見貓咪同時從巷子兩邊進來，接著開始對峙或打架。我從鹽里洞搬到延南洞時，有

一間經常放置貓飼料的咖啡廳正好停業，正在進行新商家的裝潢工事。我忍不住擔心，不知道貓咪們搶奪飼料的戰爭會不會更激烈了？貓咪們現在又過得如何呢？

餵食貓咪的理由

　　大概在八年前，媽媽從朋友那裡收到一隻幼貓。我老家在深山中的深山，雖然一直都有養狗，但是跟貓咪一起生活還是第一次。貓咪的名字叫做「星星」。往後的日子裡，我每年都會回家過節一、兩次，星星也生下許多小貓咪，小貓咪長大之後，又生下更多的小貓咪。

　　我深知貓咪的魅力，但是實際看見、觸摸、感覺又是另外一個層次。貓咪越看越可愛，我恨不得化身貓奴鏟屎官，把貓咪帶到首爾來養，但當時的我沒有足夠的經濟能力，因此打消了這個念頭。直到二十九歲結婚後，在我先生的提議下，很快地便從友人那裡領養了貓咪。現在，我跟托尼、托爾兩隻貓咪一起生活，其中托爾本來是流浪貓。

　　雖然老家也有養貓，但我真正對貓咪產生興趣，還是從自己養貓之後才開始。尤其是在領養了原本是野貓的托爾後，我也開始替家附近的流浪貓準備食物。有一些野貓經常來我的工作室。那些貓咪的樣子跟性格簡直與托爾一模一樣，讓我想起托爾，於是我替牠們準備了一次餐食。從此以後，每天幫貓咪準備食物就成了我的例行公事。早上起床後，替一起生活的貓咪準備食物，接著前往工作室，再將流浪貓的飼料碗填滿，下班時再將家附近的流浪貓的飼料碗填滿。我內心暗自滿足，現

在終於有經濟能力可以做這些事了！

我餵食流浪貓的理由只有一個。對貓咪產生興趣，跟貓咪一起生活、磨合之後，我發現受到疼愛的貓咪或是生活環境友善的貓咪不會害怕人類。相反地，我也開始注意到街上的貓咪大多會躲藏、遇到人會逃跑，並表現出害怕的樣子。小貓咪出生在只為人類打造的世界，被人類的建築與規則包圍，只能不斷地逃跑、躲藏，對此我感到十分抱歉。

無數管線與混凝土佔領了整個世界，然而，自某天開始，我突然意識到生活在混凝土之上的不只人類。牠們也誕生在這個世界，必須生存下來。我這麼做只是想表達對牠們的歉意，對於這個充斥著人類事物的世界。

餵食流浪貓也是為了促進社會利益，協助進行TNR（Trap-Neuter-Return）*計畫。不過，雖然我已經嘗試好幾次，但貓咪逃跑的速度太快，實踐起來著實不易。偶爾，被帶走的貓咪有好一段時間都沒有消息，直到做完結紮手術之後才看見牠們回來吃飯。牠們似乎也在某處努力活下去。我為了更親近牠們，正在一點一點地努力。總之，每天看著飼料被吃光，著實令人開心。我希望TNR計畫能夠成功，也會繼續在能力範圍內餵食流浪貓。

* 為了控制流浪貓的數量，以較為人道的方式抓捕流浪貓，並替貓咪進行結紮手術後，放回原本捕抓之處。

我知道，
霪雨霏霏的日子，
每一條巷弄裡，
低矮的屋簷下，
躲避雨滴的，
每一個小生命，
都在凝望著天空。

即使是冬天的你

希望白雪趕緊融化，
才能迎接溫暖的日子。
我能為你做的事情不多，
對不起。

#COLLABORATION
⟨BANZISU×MAZECT⟩

記得你

我會記得二〇二一年這段時期，
生活在這條街上的你們。
如果我用插畫留下回憶，
是否就不會忘記這些貓咪了？

渺小地誕生，
沒有野心地活著。

「就這樣」盛開的事物

　　冬天進入尾聲，迎接春天到來的許多徵兆之一，就是在街道磚頭或建築物的間際能發現一點綠意，每逢這種時刻我都格外開心。倘若在鄉下，雜草本就十分茂盛，永遠都是頭號的清掃對象，不知道是否因為身在都市，看見道路縫隙中竄出的無名小草，都會感到既新鮮又驚喜。

　　路邊生長的小草，我只認識九層塔與苦菜，其他植物都一律被我視作雜草。然而，靠近觀察後才發現，原來這些小草種類五花八門，外貌都不盡相同，遠看是一片綠意，近看這些綠色則有程度上的差異。它們有名字嗎？我開始感到好奇。

　　仔細觀察，會發現沒有泥土的地方也有葉子萌芽，像這樣渺小又多樣化的植物，究竟是怎麼決定要在這裡生根發芽，並長出繁枝茂葉的呢？倘若它們決定要在這裡生活，這裡卻無法讓它們繼續長大……不對，那些決定要在此處扎根的小傢伙，應該就不重視體型大小吧？只有本來就嬌小的小傢伙才能在這裡盛開啊！

　　這裡的土壤既不深也不豐饒，僅是一堆從城市裡飄來，堆積在地上的塵土罷了。如果這也算是土壤，植物依然能夠生長，便足以令我敬佩不已。偶爾，我會看見一朵花在建築物的

牆縫中獨自盛開，然而不管我左看右看，都沒有任何一粒泥土，那株花朵看起來是那麼的無欲無求。同時，那個畫面並不違和，即使空間狹窄，也沒有流露一絲不滿，「就這樣」綻放著花葉。與其說是生存的渴望與意志，我認為它沒有任何思量，在這裡扎根的決定是一個理所當然又自然的過程。這些小草既不堅強也不脆弱，不會抱怨艱苦也不會表達快樂，卻讓我產生了或驚訝或憐惜的心情，雖然我僅是以人類的視野去看而已。

散步之始

　　我不記得自己是什麼時候喜歡上散步的，但我能夠鮮明地憶起自己在散步過程中感到幸福的若干時刻。

　　第一次的回憶是在國中時期。我就讀的學校距離市內有一點距離，而通往市內的道路只有一條雙車道，車道兩邊有人行道，全校學生都必須經過這條路才能上學。走了不到一年相同的通勤路後，我開始厭倦一成不變的風景，於是便慫恿朋友一起尋找其他路線。最終，我們在學校後面的垃圾場與倉庫附近找到一處圍欄破開的地方。爬過那個洞口之後，一片廣袤的田地在我們眼前展開。這麼做會被老師發現嗎？這樣會不會挨大人罵？然而好奇心戰勝了苦惱，我逃亡似的狂奔起來，從中間穿過田地。

　　出了田地之後，眼前是我沒去過的小鎮，看起來與隔壁男子中學的後門道路相連，而這所男子中學我也只是聽說過而已。過了這條路，是一個由上坡路與下坡路交織而成的丘陵小

鎮。我心中沒有任何計畫，朝著自認是市區的方向走去，在下坡路的尾端看見一道熟悉的風景。那是通往市區的路，就在我每天通勤的那條大馬路的盡頭附近。探險的盡頭竟然是熟知的道路，我立刻在我小小世界的地圖空白處畫下一條新的路線。「更大的世界已經成為我的囊中物」這個念頭令我滿足。在無人知曉的角落，有一種已將僅屬於我們的世界握在手心的感覺。那處圍欄破開的小洞被我們稱為「洞狗」，而不是常見的名稱「狗洞」，這成為我和朋友之間的小祕密。「只有我們知道這條路」，我們對此樂此不疲，從此只要覺得無聊時，就會在放學時走這條路。這是我用自己的雙腳拓展出來的新風景，並開始著迷的第一個回憶。

我以前住在一個偏僻的山區小鎮，從市區搭乘公車要二十至三十分鐘才能抵達。到了市區之後，仍需等待公車兩小時之久。這段時間裡，我會跟朋友一起前往公共圖書館消磨時間，順便逛逛圖書館附近。只要發現有我沒走過的路，就會特地過去看看。這裡本來就不大，要找到新的路並不容易，但只要看到新的風景，我內心都會浮上一種視野被拓寬的喜悅，如此單純的快樂令我心神嚮往。

每當我厭倦等待公車的時候，比起提早一個半小時去搭前一班公車，我反而會去搭下車地點距離我家四公里遠的另一班公車。此時，爸媽總會擔心地問我：「為什麼要這麼辛苦走回來？」但我依然對那條山路樂此不疲。一路上只有山群、水田、旱田、樹木、羊腸小徑、溪水以及零散坐落的農家。獨自開闢新的路徑，用相機拍下照片，讓這段走路的時光變得幸福。有時候我會從田間走去，有時候則會走大馬路，有時候也會從隔壁的小鎮穿越。在我十來歲的少女時代中，最喜歡的小

說是《清秀佳人》。行經隔壁小鎮的時候會路過一條幽靜的小道，小道兩側是高聳的樹木，枝條隨風搖曳。當我走在這條小徑上，就像走進那本小說裡，因此我十分享受這條路。我喜歡獨自在這條小路上胡思亂想，有時只是凝視周遭景色，有時則是觀察樹木的變化。

升上高中之後，我開始住宿，那時非常專注於課業，幾乎沒留下關於閒暇時光的記憶。好不容易能出去玩，也不過是在午餐時段騰出一點時間，跟朋友一起去學校附近的河川小橋上散步，又或是到城裡的超市閒逛。即便如此，這些時光依舊鮮明地留在我的記憶中，雖然不是多了不起的時光，但我喜歡在外面世界短暫地放風。暮色悄悄渲染天空，以天空的顏色、山林的味道與深藍色的夜晚為背景，我跟朋友一起買小吃解饞，休息時間出來觀賞隨四季變化的花樹，拍下照片紀念，大家一起暢談未來。輕鬆的散步路途中，吸進的空氣能夠創造回憶，陪伴我度過鬱悶難熬的考試時期。

厚岩洞2016，我的第一幅風景畫。

首爾異鄉人的都市漫步

二十歲時為了念大學，我獨自來到首爾開啟一個人的生活。我開始認真享受散步，就是在首爾展開大學生活的這段時期。雖然我本身就喜歡散步，但是跟父母同住的期間，以每星期上學通勤五天的生活來說，要判斷自己是否真的喜歡散步，相關經驗與次數實在不足。開始一個人住之後，散步的彈性與時間大幅提升。當喜歡散步的體質碰上彈性的時間，我才漸漸發覺原來自己是一個喜歡觀察世界、喜歡走路、喜歡感受生活的人。大學一年級時，我讀到亨利・大衛・梭羅的《散步》（Walking）一書，又找了好幾本關於散步的書來讀，才知道「原來我可以大聲地告訴這個世界：『散步是我的興趣，也是重要的行動。』原來這個興趣是被認可的」。更進一步了解到，散步之於我不僅是單純的享受，也是非常重要的快樂泉源。在這個想法下，「首爾」這個巨大的舞台變成了不可或缺的要素。

住在鄉下時我曾到首爾旅遊過幾次，但這個都市對我而言依舊陌生也龐大，所以我對首爾有許多期待與好奇。搬到首爾的前兩年，大學附近是我主要的活動範圍，我跟著同學及學長姐一起吃喝玩樂。由於太喜歡都市生活以及自由的獨居時光，我從未蹺掉學校活動，每天都在酒聚、社團與學生會事務之間奔波，度過了一段十分忙碌的時間。就這樣過了兩年，我開始需要獨處的空間，於是我開始獨自走訪各個地方，散步的經驗越來越多，範圍也不斷擴大。

在首爾，能夠參訪的地方實在太多了。我把散步稱作「首爾之旅」，總是特地挪出時間，獨自到處走走看看。我居住的

里門洞周邊有回基站、石串站、石串洞以及長位洞，那些巷弄我都記得很清楚。我經常去逛中浪川、往十里、安岩洞以及清涼里洞，也會搭公車到惠化站，在惠化洞附近溜達。我知道城北洞這個地方後，也常常抽空跑到城北洞。我曾在心情低落時爬南山，並在登山的過程中獲得極大的安慰。從此之後，遇到難過或者難以承受的事情時，我都會去南山。還有鍾路、鍾閣、清溪川、西村、三清洞、筆洞等，都是我在首爾旅行中非常鍾愛的地點。我喜歡欣賞那些新潮又美麗的店家，那在我所住的里門洞附近是沒有的。我也經常前往跟鍾路相連的市政府、乙支路與明洞，一邊在都市中心走逛，一邊觀察人們生活的樣貌。圍繞著南山的厚岩洞、梨泰院、藥水洞、忠武路等也是我屢屢造訪的地點。由於沒有什麼前往江南的機會，那邊對我來說仍是未知的區域，不過我曾在二村洞打工，所以經常在附近走馬看花。大學畢業以後，我搬家到新林洞，細細探訪冠岳區的每一個角落。我大學主修政治學，但基於對美術的嚮往與憧憬，沒事也會去弘大附近走走。

　　我把遊歷首爾稱為「首爾之旅」的另一個原因，是我對首爾來說是一個異鄉人，因此才能取這個名字。某次我去光化門時，看見來首爾旅行的外國人眼中洋溢生疏與喜悅，心裡不禁冒出一個念頭——不如我也跟那些人一樣，來場旅行吧！就像去其他國家會遊覽他國首都一樣，我也要探索韓國的首都。當我沒有條件去國外旅行時，首爾之旅僅需要五千韓元，而且隨時都能啟程。倘若只是一場短距離的散步，甚至不需要花一分一毛，更不需要花費移動的時間，立刻就能動身。對於在首爾展開大學生活的我來說，這是一個特別的附加價值，我決定要盡情享受。

厚岩洞行道樹 2016。

然而，即便我經常這樣走逛首爾，仍不了解首爾的地理與所有區域名稱。我只是隨興所至，沒有計畫，所以時常離開了某處之後，未來的某天才知道那裡的地名。我不喜歡預做功課，而是喜歡直接體驗散步的過程。為了保有這種體驗，我不會特地去著名地標或觀光地，就只是四處走走逛逛而已。

　　首爾的景色十分多彩多姿，當我走在一條滿是別墅的路上，轉彎就會突然變成散發時尚氣息的大街；看起來大廈林立的區域，也偶有老店舖一類風格迥異的店家夾雜其中；到處都有小溪及散步專用道，在一些不為人知的地點，還有富麗堂皇、宏偉壯觀的古典建築。這些景象總是出其不意地映入眼簾，每一幅畫面都如此新鮮，像電影中的場景，又像畫冊裡的圖片。我是一個善於發掘陌生事物的人，不管把我放到哪裡，我都能夠找出令人讚嘆的地方。只要我感覺到「那條路上好像有值得一看的東西」，任何難以抵達的地點都不能阻攔我的散步之旅。也許正因如此，我才能更加享受其中。正因為沒有期待、沒有計畫，才會對那些風景感到驚奇。對我來說，這座城市的景色早已超越數百萬種，即便在寫下這篇文章的此刻，我腦海中也浮現出數十個尚未造訪的散步地點，並想著「接下來應該要去逛逛哪片區域的哪條路」。

Part. 2

我想要與自己好好相處

　　有些事物必須遠觀才會產生美，有些事物不被過度干涉才會產生美，有些事物隔了一段時間、產生一些距離後，才能讓人有所體悟。

　　我就是以這個視角來看待自己的人生，盡可能地站在超然的距離觀察自己，就像我在觀察其他人時，看不見他人的苦痛，如今我也要與世界保持一定的距離，忽略自己的痛苦，這是我生活的要領之一。

完美的寂靜

　　從佛光川步行若干距離後，我在完全沒有預料的地點發現了這幅插畫中的漂亮書店。一看見這個不期而遇的地方，我腦海中立刻浮現「好像置身童話故事」的想法。這間書店名為「與書房為鄰」，有櫻花、橘色磚頭以及綠色遮陽篷妝點，還有一隻貓咪正在靠近書店，宛如不可思議的巧合。過於完美的寂靜。我在書店裡拿起夏目漱石的文集《人生的故事》，當然要慢慢讀才行。

　　春天的散步能為接下來的一年帶來繼續生活下去的動力。

　　簡單採購了一些物品後，我在回家途中順便在附近逛了逛，走進一家名為「Spring Flare」的書局。不知道是位於弘大附近，還是最近新開許多這種店，總之我是第一次知道書局離我這麼近。

　　這片區域裡有這樣的藝術書局，我覺得很棒。這裡有很多有趣的書，店內空間也十分寬廣，逛起來雖然會疲倦，不過集合了許多我喜歡的元素，所以能夠愉快地遊覽。

　　我買下曾讀過且非常想要收藏的《意外的傑作》（*The Accidental Masterpiece*），以及意外發現的《不想知道的事》（*Things I Don't Want to Know*）。《意外的傑作》真的相當有趣，書中除了作者對藝術思潮的思考及評價，還充滿對藝術單純的享受與熱愛。這本書告訴我們，藉由輕鬆的快樂可以獲得美妙的藝術，而這樣的藝術對我們而言已經非常充足。此前，我本就逐漸能與單純的快樂產生共鳴，並對探索這件事感到興趣，此刻再次讀到這本書，我感受到了命運的牽引。什麼時候我才能遇見一本講述關於散步帶來的純樸快樂的書呢？

　　順帶一提，這幅插畫是看著 Spring Flare 的 Instagram 照片所畫的。

我非常熟悉盯著螢幕的生活。

若說我小時候都在看電腦或電視，也許並不誇張。但是，我在二十歲第一次使用智慧型手機後，這十年來都是用手機觀看他人的生活，接收他人的生活簡報。如果有煩惱，就在YouTube上尋找類似煩惱的影片，大致瀏覽過後，再去看看底下的留言；如果有了想做的事情，就去YouTube找影片看，產生替代的滿足感。然而，在網路上得到的結論非但無法解決我心中的疑問，反而讓腦袋更加混沌，問號無止盡地增加。我對這個流程太過熟悉，只要手機握在手中，要人獨立思考幾乎是不可能。

不過，一個人獨自思考的時間是很必要的。倘若感到心情鬱鬱寡歡、鑽牛角尖時，就該去戶外走一走，偶爾我會因為單純想要感受室外天氣而出門散步，但是心煩意亂而走出家門的時候更多，例如不想工作或是作畫遇到瓶頸、對某人產生忌妒心，又或是經濟問題。面對有想做的事情卻覺得自己沒資格，收到來自陌生人的怪異訊息，突然對這個瘋狂世界感到不可理喻的時候，我總是問自己：「世界為什麼變成這樣？我為什麼會這樣？」倘若我始終無法克服這些問題，就先出門走走。

連接加佐的延南洞尾端，距離地下鐵頗有距離，只有小鎮上的公車能夠抵達，因此這條路十分幽靜。路上有以長磚砌成、不知作用為何的建築物與綠油油的銀杏樹，還有補習班放學後跟媽媽或保姆碰面的孩子。

　　美好的事物離我們並不遙遠。我不確定如果一個人知曉世界上的所有事物究竟算不算一件好事。有時候，太遙遠的訊息對我們而言並不重要；反之，近在咫尺的事物更值得我們關注。我也不知道為什麼，但是走路永遠都能讓我冷靜下來。真奇怪，看社群媒體或影音平台時，腦袋就會變得一片混亂，然而單純看著路上行人生活的樣貌，反而讓人心生應該要好好生活的想法。

　　「啊，原來大家都是活生生的人，我也一定會變得更好。」我這麼想著，從中獲得慰藉。未來的日子裡，我也希望自己繼續這麼相信。

京義線林蔭大道的大蒜卡車攤

　　天氣和煦的某個春日，我在京義線林義大道上散步時見到了這個場景。體積不大的大蒜卡車攤停在一處，經過的婆婆阿姨們紛紛靠近卡車。旁邊就是一間雜糧行。原來阿姨們早就知道大蒜卡車會停在這裡呀！

　　這種自然形成的小鎮循環讓我想起小時候：每天通勤的我居住的區域，還有我一直堅持描繪生活中最不起眼的那群人，這些都是稍縱即逝的片段，但是我想藉由這些畫作，讓那天的畫面與心情長久留存下來。

鹽里洞的水果店

　　鹽里洞有一間水果店，雖然我才剛搬來，沒有經常光顧，但還是將這間距離我家只有一分鐘距離的店舖畫了下來。這家店叫做「村口果園」，春天可以買到草莓，夏天可以買到香瓜、西瓜及水蜜桃，秋天及冬天則能買到蘋果與番茄。在其他商家買東西時，經常由於店員看起來心情不佳，導致客人難以開口提問，或是必須察言觀色。然而在這間水果店裡，店員永遠都親切友善。不僅如此，就連販售的水果都很美味。即使只買一盒水果，也經常會多送一顆蘋果。

　　我將這張插畫上傳到Instagram，收到店家的回覆：「謝謝你的畫！」雖然我還沒拜訪過這家店，但如果有機會前往的話，我想把這幅畫送給店家。

可愛的歡迎儀式

大學時期，我和朋友經常在社團教室裡玩耍。偶爾想買冰淇淋或飲料時，我們不會選擇學校裡的便利商店，而是會走去距離學校有一點距離的雜貨店。這是為了去看雜貨店裡養的白色小狗。每當看到顧客光臨，牠都會興奮地搖尾巴，用晶亮的雙眼迎接我們伸出的手。這已經是七、八年前的回憶了。我拿出那時無意間拍下的照片，畫下腦海中浮現的景象。

莫名的安全感

　　我的下班路線一定會經過延南洞的京義線林蔭大道。離開較為繁華熱鬧的延南洞後，路上就少了出來玩耍的年輕人，大多是看上去一直居住在該區的老人家。

　　京義線林蔭大道的斑馬線上，有不知為何在仲夏季節裡開出貌似大波斯菊的粉紅色花朵，還有幾隻散步中的小狗，以及四、五位總是坐在同樣位置聊天的老奶奶。她們總是一邊對著經過的小狗說「好可愛」、「真漂亮」，一邊優哉地消磨時間，不疾不徐地對話。

　　還有小鎮的附近居民，與出來散步的小狗。我一想到這是每天這裡都會出現的事物，不禁打從心底萌生一股安全感。

和平的午後

這是延南洞京義線林蔭大道的最邊角。

比起首爾，這裡更像是一座平靜的田園。

91

跟隨內心的某些時刻

度過二〇一九年，等待二〇二〇年到來的期間，我做了一份二〇二〇年的月曆。當時我不確定該在最開始的一月份放什麼插畫，後來決定畫出一直留在心中的風景。

一年的更迭總代表著「全新的出發」，人們會懷抱新的抱負及覺悟。但是，也許對於某些人而言，一月一日不過就是另一個不能休息的日子，必須再次踏上一成不變的通勤路線，跟十二月三十一日沒有什麼不同。對那些在路邊流浪的貓咪來說，也不過就是跟昨天一樣寒冷的冬日。

跟嶄新的覺悟一樣重要的東西，大概就是一直都在相同位置上堅守崗位的自己，以及懷抱對他人的記憶與感謝的心。而這樣的人比我們想像的還要多，存在於全世界、各個大街小巷、都市以及鄉下的每個角落。

即使來到新的一年，也只是延續跟昨天一模一樣的日子，嶄新的開始終究還是要看自己的心境變化。無論是從哪一個時刻，都可以隨時開始。如果懷抱這種想法，接受一年的交替是不是就會比較輕鬆呢？

MAZECT
X
BANZISU

#COLLABORATION
〈BANZISU×MAZECT〉

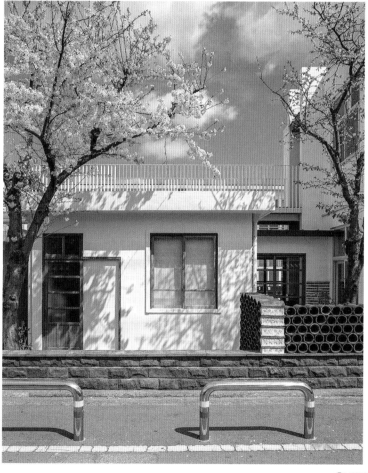

被疼愛的
日子

　　有些天空的顏色在白天看不見，傍晚也看不見，只有在艦尬的三、四點左右才能看見。到了四點，整個天空的邊緣就會開始被介於明豔白晝與火紅晚霞的中間色，肉粉色、檸檬色、又或是銘黃色緩慢暈染。這道光照進房間裡，投映在窗框或布簾上時，我忽然想起小時候第一次見到某樣東西的經歷。那時，我跟朋友出去玩，回家後發現爸媽都不在，家裡有些昏暗。還沒開燈前，室內充滿了從窗戶縫隙射進來的日光。

　　至今，我還記得那扇窗戶，也記得灰塵在陽光之間飛舞的樣子。空氣中瀰漫著暖意，我睡了一頓午覺，醒來時媽媽已經在我身邊。回憶，或者說是模糊的記憶就這樣被各種事物喚醒。我很懷念那個年紀，生活中充滿第一次經歷而無法忘懷的事物。那段時期所有人都疼愛我，我因此對這個世界懷抱著初戀之情，那樣貌是否也會久久留存在我心深處呢？那時我覺得這個世界既陌生又拘束，但我依舊能以那副面貌被疼愛，這難道不是一件很美好的事情嗎？記憶中，午後四點的光束裡，埋藏著那段時期的記憶。

　　每當我在路上遇見美好的人事物，我就會用插畫將畫面畫下來。不過，想當然大部分插畫中的主角都對此一無所知，畢竟我從未上前向他們說明，只是依照自己記憶中的畫面臨摹。

　　我的作品中的一個場景，對那些人來說只是普通日常裡的某個片刻，既然只是日常生活中的一個片段，就不會察覺到自己的樣子。正因為那是不被察覺的瞬間、是每天活生生的自然現象與無意識本身，因而格外美麗。

　　我覺得很多人都已經十分美好了。偶爾將插畫上傳到Instagram，都會收到「畫得跟我好像啊！」等諸如此類的留言。即使留言的人不是當事者，我也很高興人們能在我的畫作中發現與自己相似的事物。

　　圖畫與我的距離，跟我與世界的距離是一樣的。雖然想要深入探索，但又害怕這麼做會受傷，只敢從遠方凝望。不過，這並不是逃避。如果在距離極近的地方觀察自己，有時反而會看不清楚。每當這種時候，我心裡都會掙扎不已。如果太仔細觀察傷口，就會過度專注受傷之處，痛楚也會跟著無限擴大。

　　而且，有些事物必須遠觀才會產生美。有些事物不被過度干涉，才能產生美。有些事物隔了一段時間、產生一些距離

後，我們才能對它有所體會、理解。我就是以這個角度來看待自己的人生。盡可能地站在超然的距離觀察自己。就像我在觀察別人時，看不見別人的痛苦，如今我也要與世界保持一定的距離，忽略自己的痛苦，這是我生活的要領之一。

為什麼我會如此喜愛這個市場的風景呢？是因為它讓我回想起小時候嗎？是因為無論歷經多少世代，它依舊保持相同的面貌嗎？又或是，它讓我感受到類似生活氣息的東西呢？不管基於什麼原因，我在畫下這些景象的時候，都覺得非常幸福。

充分的安慰

　　在開始對散步感到興趣之前，一些沒來由的疑問總會襲上我心頭，例如：「散步會有趣嗎？」、「有一點麻煩，不如別做了吧？」、「現在出門散步的話，好像也只會看到一些稀鬆平常的風景。」不過，我相信過往的散步經驗帶給我的信念，這個信念告訴我：「總之先出發吧！出發之後，一切都會開始變得有趣，一定會遇到什麼。」實際上也是如此。所有散步的過程都充滿驚喜與刺激，幾乎沒有一次讓我失望。此外，還有一個疑惑是：「這次我還能收穫什麼新的事物呢？」然而一旦起身出發，這個疑惑也隨之消失。我獲得很多東西，也遇到不少驚喜。

　　其實，我認真投入散步的過程時，通常不是抱著去放風、玩樂的輕鬆心情，反而經常會想：「我到底是誰？」、「我正在做什麼？」、「這個世界是怎樣的呢？」。我不知道這些問題的答案，想法多到快要滿出來，這個狀況令我訝異，實在無法忍

厚岩洞的白色建築 2016。

受心中的好奇，於是便像逃跑一樣飛奔出去，這才是我真實的狀況。

在我所有散步的旅程中，看見的風景都是人造的。永遠都是人。就連農田或者鄉間小路也是人為修建、鋪設好的。看到這些畫面，我不禁心想：「住在這裡的人都是誰呢？」、「那間房子是什麼時候建成的呢？」、「那家店在賣什麼呢？」不知不覺間就回到了家，心中也充滿「這樣就夠了」的想法。並不是因為我的思考模式跳躍，而是我已經用雙眼確認過這個世界。我一路走著，不停地走，見證了世界與人群。我每次都用自己的眼睛確認。如果仔細觀察，那些看似平凡無奇的小鎮，遠看時就變得巨大也安詳，每天都堅守在同一個地方。不知怎麼地，那些微不足道的苦惱全都會消失殆盡，腦中只剩下「無論如何都要好好活下去」的念頭。

街道上有許多通勤的人、修建道路與建築物的人、賣菜的人，還有帶著孫子孫女上學的老爺爺的背影，以及牽著母親的孩子們。無論如何，所有人都在努力生活，跟我一個小小軀體的煩惱相比，這個城市承載著更多事物，依舊踏實地存在著。我見證了這些畫面，察覺自身的煩惱根本不值得一提。總有一天，我也會像這座城市裡的大人一樣，變成這個世界的一份子，瀟灑地活出自己的人生。於是，我終於能夠稍微從遠處俯瞰自己以及自己的人生了。看了許多人之後，再用同樣的眼光看自己，我不過只是無數人之中，努力生活的其中一個。

獨自在房裡思考，只會變得更鑽牛角尖，思緒不斷在心頭打轉，最終心情也變得沉重。但是只要出門散步，新的想法就會在路上萌生，舊的想法則會被丟棄。就算內心掛念著小小的苦惱，也會在路途中全部拋開。沒有必要帶著不重要的想法繼

續走下去。既然出生在這個世界上，就不該浪費每一天，我開始想找些東西填滿生活。我後悔自己曾說出不成熟的話，於是一次又一次反問自己：「是否在做自己真正想做的事？」、「是否真的覺得開心？」我不是為了思考這些事情才外出散步，但是望著路上的行人，我還是不由自主地冒出這些想法。這些思緒成為一種安慰，在回程的路上變成明天可以繼續活下去的力量。一切就是如此水到渠成。散步啊，真是一件非常神奇的事。因為這一點，我開始把散步訂為固定行程。我可以在路程中拋開所有不好的事物，這種感覺深深吸引我。

散步帶給我的，就是這寥寥數日的希望，也許很快就會再次經歷痛苦、再次遇上無法理解的事，但是我會帶著「現在沒事了，以後也會沒事」的信念及希望回家。一旦疲憊又開始累積，我就會動身親眼確認這個世界，這個行動我重複了無數次。

有趣的是，每次被我丟掉的想法與後來產生的新念頭總會有異曲同工之妙。舉例來說，被我丟掉的想法通常是「好累」，後來產生的新念頭則是「好好幹吧！」。如此相似的思緒為什麼不能一次就好，總是反反覆覆呢？仔細思考之後，我想這是因為「人類就是要經歷千萬次的重複，才能夠一點一滴進步的物種吧！」。並不是只要在心裡想過一回「沒關係」、「好好幹吧！」從此就能好好生活，一旦明天到來，又會出現讓人意想不到的狀況，讓人覺得摸不清這個世界，於是便需要為了再次清空思緒而啟程。我不斷重複這個自我療癒的過程，並相信自己能在這之中逐漸成熟。

我有寫日記的習慣，但與其說是記錄一天之中發生的事情，不如說是即時寫下腦中的想法。當我開始養成散步的習慣，日記也逐漸越寫越長。我會特地選一天，將日記從頭讀到

厚岩洞的屋頂 2016。

尾，那時才發現自己一直在重複思考同樣的事情。然而，這並不是無謂的循環，而是我一點一點地自我修正，一點一點地了解這個世界的紀錄。

從結果來看，散步是能使我成長、自我療癒的積極行動，但是為了滿足「好奇心」、「興趣」而開始散步的最初原動力也沒有消失。無論是為了滿足視覺需求、心理需求，還是生理需求，散步都十分有趣，我永遠不會感到煩膩。

該說「觀看」本身就是一項特別的行為嗎？觀看也許就跟呼吸一樣，是眼睛睜開期間的自然現象。但是對我來說，「觀看」是最重要也最有趣的行為之一。探索世界，欣賞美麗的事物，獲得視覺上的刺激時，我感受到無與倫比的樂趣。從這個層面來看，散步也是一段刺激美感的旅途。日常生活中真的充滿了令人驚豔的事物。

我尤其喜歡古老的磚牆建築以及坐落於斜坡上的小鎮風景，樹木成蔭的社區與照亮傍晚街道的漂亮咖啡廳。我酷愛天空從拂曉慢慢轉變到黃昏的過程。隨著季節變化的雲彩與枝葉，在我心中留下不同的色彩。此時此刻，我才會感覺到自己活著。年輕媽媽推著嬰兒推車以及外出散心的老奶奶，這些畫面很美好。購買水果的人以及遛狗的人總會吸引我的目光。我喜歡人們在熟悉的小鎮上生活的步調，看起來悠然自得。欣賞這些景象是我莫大的快樂。

Part. 3

即使微不足道
也讓人喜歡

　　幸福不似物品，無法握在手心。它像是車站或是旅行的目的地，只能夠讓我們短暫停留，這個想法能讓我心裡好過一些。

　　不該妄想能將幸福握在手中呀！每個人都應該每分每秒努力生活呀！應該要像暫時停下之後，再次啟程的旅行一樣去感受幸福呀！應該要像曬太陽的毯子，作白日夢一樣活著呀！不應該讓任何東西定義了自己呀！

　　二月雖是冬天，偶爾也會毫無預警地出現溫暖的日子。那天天氣很好，我去了一趟延禧洞，即便正在新冠肺炎的餘波之中，還是有很多人在外走動。經過公園的遊樂場時，我看見許多跟父母一起出門的孩子，有開心盪鞦韆的小孩，有專心玩泥土的小孩，也有用手機記錄這些瞬間的爸爸媽媽們。

　　春天悄悄來臨，人們都懷著激昂的心情外出踏青，宛如為了迎接溫暖氣候而探出梢頭的枝枒。所有人都在等待春天吧，那生意盎然的樣子看起來就十分可愛。

　　我上東方美術課程的時候，有一回的題目是「金銅彌勒半跏思惟像」。那時我對畫圖還不熟悉，又是第一次畫半跏思惟像，因此將佛的形態及容貌深深烙印在了腦海中。我把這件事寫進報告裡，教授告訴我，這就是他出這個題目的原因。只要畫過一次，就會長久留在記憶裡，以後重新觀察文物時，這份記憶能讓自己看到以前沒看見的東西。

　　「單純睜眼時所看見的事物」與「用自己的眼睛所認知之物」是兩個不同的概念。此外，畫下雙眼所見的東西之後，我會感覺自己的「觀看能力」變強了。倘若畫出雙眼所見之物，記憶力就會變好。

　　畫插畫的時候也是如此。在房裡只會一股腦地投入插畫繪製的過程中，但當我覺得自己畫的「路」看起來不自然時，我就會走出家門，重新觀察人行道與車道。即使是每天都在看的景象，再次用雙眼確認時，仍能發現許多自己不記得的細節。拍下照片後，照著描繪下來，我才發現自己記憶中的道路與實際上的道路完全不一樣。

　　道路上有食物包裝的塑膠垃圾，也有抓住空地就恣意生長的雜草，道路與建築物之間的間隙、影子的形狀、禁止停車

的告示牌、排水溝蓋以及混凝土鋪成的道路紋樣等，族繁不及備載。雖然都是早就知道的事物，但是要將這些東西仔細描繪出來時，就會覺得自己又重新認識了一次這個世界。經過實地考察，我修正了之前作畫時漏掉的細節，窗戶、樹木、建築物等，每一樣事物都進行了修改。像這樣描繪光影或人像，都能讓我對這些事物產生新的認知。

　　持續累積這些知識技術，讓我開始沉迷於寫實的畫風。現代風格的畫作可以表現該展現的事物，也可以隱藏需要隱藏的物件，因而呈現出洗練的風格，但我更喜歡充滿細節與現實風格的表現方式。我依舊憧憬抽象派與印象派風格，但是從另一個角度來看，我喜歡將自己親眼所見的事物如實地表現出來，我想要絕不錯過或是忽視任一事物。我想畫出既能呈現寫實風格，也能讓人看得出是插畫的作品。我羨慕那些至今為止省略許多事物的人，不過在持續作畫之後，我才發現自己是個偏好感受「不省略之美」的人。

　　無論怎麼觀察這個世界，仍有我不知道的事物；無論畫了多久的畫，我依舊會發現自己還可以成長的空間。我喜歡這種感覺。如果一切都在掌握之中，就不會再有能夠挑戰的新事物，生活也會變得不再有趣。世上還有不少可以畫的東西，也還有很多尚未發現的事物。每一次作畫都會改變我看世界的角度，全新的感受每次都讓我雀躍不已。

那天的氣氛

　　無論是日常生活，或是綜觀我們的人生，都會受到氣氛的影響，也會透過氣氛來記憶逝去的時光。我在其他人的藝術作品中感受到的震撼，也常轉化成氣氛讓我察覺。

　　氣息、溫度、香味、天候，還有相應的時間與空間中，人們所傳達的氣息等，都在我心中留下片段，我想將這些事物描繪出來。

牽我的手

夏季的顏色是濃密的綠。

「相信我，跟我來。」

就像告訴我這句話的兩位小朋友緊緊牽住的小手，

是閒適街道上的一道風景。

如今我擁有的事物已經太多，那些曾經十分渴望的東西，實際獲得之後便開始害怕自己會變得貪心。我本來沒有想要這麼貪心，但越意識到自己得到了什麼，就越擔心失去，因而產生一些小動作、小聰明。我變得不太願意付出，開始為了保護自己的東西而行動，不是為了我自己。

那些我認為屬於我的東西，怎麼會是我的？如果那個對象是人，別人無法真正成為我；如果那個東西是錢，始終會被我花光，面臨死亡時都是身外之物；如果那件事物是才能，不加以磨練就會逐漸失去光芒。我怎麼會覺得這些事物都已經屬於我了呢？

我想要保護這些事物，不願失去，這個想法讓我無所適從，讓我變得膽小懦弱、不可理喻。

還不如不要花任何心思，不去保護任何東西；不如預設自己一定會失去；不如一開始就什麼都不要擁有；不如拋開固執及欲望；不如告訴自己，我只是暫時停留在這個世界上。

如果要活到老奶奶的歲數，至少還要再活四、五十年，隨著日子一天天過去，我的想法大概會變得完全相反——還是有欲望比較好。但是，我不想看見欲望變成目標。

幸福不似物品，無法被握在手心。它像是車站或是旅行的目的地，只能夠讓我們短暫停留，這個想法能讓我心裡好過一些。

　　不該妄想能將幸福握在手中呀！每個人都應該每分每秒努力生活呀！應該要像暫時停下之後，再次啟程的旅行一樣去感受幸福呀！應該要像曬太陽的毯子，作白日夢那樣活著呀！不應該讓任何東西定義了自己呀！

　　有一本書叫《尋找失落的記憶》。我們究竟要如何找到已經失去的記憶呢？當我們遺失鑰匙或錢包，也許在房裡翻箱倒櫃後就能找到，但是失去記憶或是回憶之類的，不就連具體的形體（不，打從最開始記憶就沒有形體）都沒有了嗎？要怎麼找呢？就算找到了，怎麼能保證它完全沒有改變呢？

　　也許正因如此，標題才會是尋找「失落」的記憶。記憶不能實際握在手中，除了尋找記憶的過程之外，沒有其他能做的事情了。本書中，主角吃著一塊被紅茶浸濕的瑪德蓮時，忽然想起一段回憶。我也是在品嚐到以前吃過的味道時，遺忘的記憶突然復甦。仔細回想起來，或許對我來說，尋找記憶的過程也是各種浪漫也人性化的瞬間。

　　每個人都會有這樣的經驗。搬家的時候發現以前藏起來的箱子，在老舊的硬碟裡找到舊時照片，從某處傳來數年前打工時每天聽的歌曲，在二手書店看見兒時看過的漫畫。即使不必付出任何努力，也會突然「被」回憶找上。

　　我搭公車經過城山洞的一處公寓社區時，發現這個社區中有些建築物頗有復古風味。隔天，我立刻前往那個社區。果不其然，處處保留著過去時光的蹤跡。來到這個地方，一股無法

言喻的激動之情盤旋在我心頭，因為一段失落的記憶回到了我身上。

很奇怪，我經常想起小時候社區裡的磚頭牆壁、小石頭以及從地板間隙開出的花朵。我記得以前建築物特有的磁磚牆壁、深綠色的鐵製欄杆、六角形的路磚紋樣。我想起獅子頭的大門把手、木製窗框、灰色的巨大磚牆，獨棟住宅的屋頂是充滿孔洞的磚石。

我就是那種會仔細觀察各種建築物，好好記在心裡的小孩。我很喜歡觀察，經常會去鑽研一些細微之處，例如石頭的大小與顏色差異，隔天接著繼續觀察，並記在腦中。我會記得牆壁與地板、石頭或欄杆之類的東西，而不是遠眺小鎮的風景。因為我很矮小，沒辦法走得太遠。我以前總是在巷子裡或小鎮上和朋友玩耍，那就是我全部的世界，因此才會清楚記得當時看見的景象吧？

至今，我只要看到街道縫隙中掙脫而出的花朵或是小石子一類的東西，都會瞬間想起小時候的事情。看見數十年沒有坍塌的建築物，我的胸口便一陣悸動。在那些胡同小巷裡，庭院中的小樹下映射的光束，陰影之下的泥土，從水泥中破土而出的花，全都沾染著我幼年時期的回憶。

如今，嶄新而富麗堂皇的建築物已經無法引起我更多興趣。不過，對於現在的小朋友來說，這些新式建築物也會變成他們的回憶，這個想法讓我感到很奇妙。

偶然的風景

　　來到陌生的地方，我喜歡一邊細細端詳人們生活的街道，一邊觀光。比如在街巷角落走馬看花，悄悄打量行人，若無其事地觀察紅磚瓦上映射的陽光等等。

　　這樣到處穿梭走動，有時候便會覺得這個空間屬於我，光是這樣就讓我感到幸福不已。倘若發現漂亮的店家或茶館，愉悅的心情又會更上一層樓。

　　這種感覺已經睽違好幾個月，終於在今天又出現了。我甚至沒有前往遠方，而是在我居住的小鎮中發現的新散步路線上。

　　這個童話般的畫面，大約是在距離我住處三十分鐘路程之處的風景。出了寬闊的公寓廣場後，眼前忽然出現一條小河，周圍聚集了不少正在運動的人，紅色屋頂的老屋與樹木沿著河川連綿而去。我在某一條巷子裡看見兩間小巧精緻的咖啡店與可愛的酒吧。

　　我想起以前去南山、駱山公園、城北洞以及東大門區圖書館時的感覺，非常開心。沒錯，我真的很喜歡走訪首爾的每一個小角落。

　　今天也完成了一趟免費的旅行。

139

瞬間成為
永遠

天氣忽然變得悶熱，我踏出家門在附近閒晃，發現不知不覺中，已經迎來被繁枝茂葉包圍的季節。只要稍微在首爾走走，就能感受到這是個綠意盎然的城市。剛建成不久的公園裡種植著繁茂的銀杏與櫻花，剛栽植好的稀疏樹木也正在長大。綠叢的另一邊，滿是複雜交錯的招牌看板及電線杆。建築物上方，陽光明媚地照耀。繪製樹木與建築物永遠讓我樂此不疲。不僅是樹木與建築物的外在型態，我也想把生活在這個都市中所感受到的氣氛與時間一併描繪下來。

大衛・霍克尼（David Hockney）曾說：「我一個半小時就把畫冊畫滿。在那之後，我便可以更清楚地看見籬笆。我也是在將籬笆畫出來之後，才開始看見草。」

畫完某個東西之後，才能夠真正理解那個東西。如今，我也非常能夠理解這種感覺。用畫圖來記憶事物，效果會比照片來得更強烈。透過這些畫作，即使我未來沒有努力想要尋找失去的回憶，也已經成為永遠不會失去這些瞬間的人。未來，我也想要繼續創作擁有這種力量的畫作。

　　凌霄花、楊柳、紅豆杉、磚牆、郵筒、平整的演唱會海報、頂樓加蓋、公寓、電線桿、黑色鋁窗、屋頂下的排雨管等，還有一件件叫不出名字的事物。

　　搬家到延南洞之後，我探索過延南洞的每一處角落，跟著行人一起填滿每一個空間。散步的時光非常有趣，讓我想要畫下來的東西也越來越多。實際上，我的作業量確實增加了。騎腳踏車的居民，為了品嚐香醇咖啡而聚集在此的年輕人，小朋友身穿跆拳道服的背影，以及圍牆的另一頭，從很久以前開始就每年盛開的五月玫瑰。小鎮上的犄角旮旯，每天都在發生各種生活瑣事。

午後的陽光

也許只是毫無意義的事物，但我就是喜歡。
每天行經的小鎮巷弄，
令人不禁猜測，
它們在此處存在了多久？
午後時光，
就連道路另一邊的盡頭角落，
非常小塊的葉片縫隙，
都能照射到大片陽光。

關於習慣這件事

　　那時，距離我搬進新家還不到一年。隔壁獨棟公寓倒塌之後，立刻蓋起五層樓的別墅，我每天都深受工程噪音的折磨。由於我家跟隔壁建築距離不到一公尺，我的耳膜每天都被噪音活生生地重擊。早上我都是皺著眉頭開啟一天。噪音讓我想要搬家，我開始頻繁地去看房子，發現許多價格高昂的好房子，讓我心中暗自決定，就算勉強自己也要住進理想的房子。

　　想要離開的想法籠罩著我，經過平時非常喜歡的場所時，大大小小的缺點都變得無比明顯。「討厭」這個情緒支配了我，讓我一點都不幸福。那時我感覺到自己變了。經過這條路時，我應該要感覺幸福又開心，但這種感覺已經煙消雲散，只剩下滿肚子怨氣。

　　當初搬過來時，我還覺得「這間房子是我至今住過最寬敞的」，曾經很喜歡在這裡生活。早上睜開雙眼，我都想著「很感激自己能住在這裡」。延南洞與城山洞給了我許多感性的靈感，人生能獲得這段婚姻、貓咪們以及漂亮的工作室，簡直就是上天給我的祝福。

　　然而，現在我只看得到缺點。可以說是因為工程，也可以說是因為噪音，但我讀到了自己內心真正的想法。

「原來我是厭煩了啊。覺得無聊，習慣了，一切就變得理所當然。」

起初，因為新鮮感而讓我只看見優點的日子一去不返。如今，我總是先注意到不滿意之處。過去那些優點及令人開心的事情，此刻都成了「理所當然」。如果發生不好的事情，就會有所不滿。然而，即使遇到不好的事情仍盲目地肯定現狀，也只能說是一種精神勝利法。

不過，工程噪音只是一個藉口，甚至連跟噪音無關的部分也讓我厭倦，比起我已經擁有的事物，我開始在意「我尚未擁有的事物」。

難道搬離這個地方後，我就能獲得幸福嗎？在全新的地方也會渴望美好的環境，這樣不就又進入新一輪的負面情緒嗎？以後我也會像這樣，一輩子都在追求更好、更高級的事物嗎？倘若這種水準的幸福變成我的預設值，以後是不是都必須一直尋找更大的幸福或喜悅？自己這樣的面貌，光是想像起來就令人抗拒，我對這樣的自己感到抱歉。

我總是會被另一邊的事物吸引。住在鄉下時，光是看見一棟高樓大廈就興奮不已。如今我住在都市中，只要看見一棵樹就足以心動，接著又會渴望更多植物。倘若不管在哪一邊生活，都會對另外一邊心生渴望，那無論在哪裡生活都沒有差別了不是嗎？選擇了某一種生活環境後，才能知道那個地方的缺點不是嗎？假如置身在任何環境中，都會發現缺點及不足之處，那麼從此時此刻開始，對自己已經擁有的東西感到滿足就好了，不是嗎？

若說什麼是最有智慧的做法，就只剩下「滿足於現狀」了

吧？如果所有的不滿足都有理由，那就去改善不滿意的地方。我應該要好好檢視自己，並且分辨出自己的抱怨是基於有原因的不滿，還是從習慣中產生出來的不滿？

這個世界上沒有「只有美好事物」的生活。我學會如何熱愛身邊渺小的事物，如何對人生懷著感恩的心。反之，我也懂了倘若對人生毫無感謝，就會對微小的事物失去興趣。我想要忽視生活中的倦怠，專注在已經擁有的事物上。當然，我還是很討厭工程噪音，但是我不打算將這件事跟「討厭自己的人生」連接起來。

即使如此，值得愛的事物依舊不少

　　我不喜歡特地分辨普通與特別的事物，或者決定哪一邊比較討人喜歡。就跟我喜歡特別的事物一樣，我也喜歡普通的事物。若要問我「為什麼喜歡平凡人的樣子呢？」，因為那些人的樣子很可靠。

　　步入二十歲中段時，作為社交活動的一環，我曾經參與歌劇演出的準備工作，當時一起企劃的朋友提議去拜訪原著小說的作者。當時作者聽了我們對人生與世界的苦惱，他說：「雖然這個世界很荒謬，但我們身邊的正常人還是佔了七成以上。我們身邊的人大多是正常的，就相信這些人的大眾性吧！」

　　對於正在進行特殊挑戰的我們來說，這段話不僅鼓勵了我們不要覺得孤單、對自己正在做的事情要有信心、給了我們持續下去的勇氣，同時也告訴我們要保持對世界的洞察與信任。至今，我都沒有忘記這段話。

　　「相信普通人吧！」這個建議給了我很大的安慰。偶爾看見一些殘酷的新聞報導時，這句話就會浮上我心頭。平凡的普通人在日常生活中十分常見，我不想忘記這件事。

　　觸手可及的世界是令人難以想像的狠毒，同時，散步時所見的世界卻是令人難以置信的平和。在喧囂不已的消息與雜

音中，都市各個角落為什麼可以如此寧靜祥和？在這座城市裡漫步遊歷，就會發現每個人都在靜靜地貫徹自己的角色，呼吸著，生活著。我們需要去留意不好的新聞與悲劇，傾聽各種批判的聲音與事件，但是，偶爾我也想要更重視身邊的人事物。

　　只要稍微留意身邊的人事物，就會發現這個世界著實令人安心。多虧了那些默默恪守本分的人，都市大部分的角落今天也安然無恙。新聞媒體不會報導平安無事的消息，普通人的生活才得以更加平靜。

　　我走走停停，蒐集每一個路過的瞬間，用眼睛記錄下來。這些點滴成為我還能繼續愛這個世界的原因。「啊，原來世界上值得愛的事物依舊很多。」在心裡吶喊之後，我決定要更信任我們的餘生。若問還有什麼能讓我鞏固信念，我想就是那些和平與普通的瞬間，這些事物使我無法停止繼續走下去。普通人的樣貌裡，承載著所有的一切。

延南洞橫丁燒烤店

　　逐漸悶熱的夏日夜晚，我跟已經成為我先生的男友牽著手，朝小鎮的盡頭走去。那是我們初次見面的日子，美味的食物，奇怪的人們，我們喋喋不休聊著兩人的未來。經常拜訪的酒館裡，安靜閒適的光景以及店寵物小狗歡樂地迎接我們。

　　點點滴滴的小事與美好時光，一點一點成就了我們幸福的生活。

浪漫之夜

　　我跟我先生總是去離家最近的咖啡廳，我點咖啡，他點汽水。我先生會看著大喊「好幸福啊！」的我，說：「你覺得幸福，我就幸福了。」

　　我深愛我先生認真確定我是否幸福的目光。我不禁產生一股錯覺：人生中的浪漫故事，好似總會發生在這種夏季夜晚。

夜遊

　　夜遊對一個獨居女性來説，是件稍微有些恐怖的事情。即使如此，還是會有不得已只能走夜路的時候；偶爾也會冒出從家裡奪門而出的衝動，戰勝恐懼的時候。

　　我心想，大概是因為需要慰藉吧！覺得寂寞時，就去家附近的運動場動一動，或是去人群聚集的地方。偶爾，我也會隨便找個燈火通明之處。不知道自己該去哪裡的時候，心情會變得更加孤單。即便如此，比起獨自一人待在房裡，我還是更喜歡走出戶外。因為從街上投射進來的燈火過於美麗，不想沉浸在獨自一人的情緒裡。相較之下，夜遊的淒涼也沒有那麼糟糕了。

　　結婚之後，夜遊之類的活動幾乎停止，然而就在某天，我先生朝正在房裡作畫的我問：「你忙嗎？」我答：「挺忙的，不過我正好想要休息一下。」我先生便提議：「我們出去走一走吧？」我早已充分體會夜遊的浪漫之處，因此「好啊！」立刻從我嘴裡蹦出來。我知道我先生並沒有那麼喜歡走路，所以我問他為何如此提議，他說很懷念跟我一起散步的時光。

　　看著夜晚街上的燈光，我沒有感覺到以前那種孤獨。這天的我不似過去那般徬徨無助或是需要安慰，而是一場輕鬆愉悦

的散步之旅。兩個人輕鬆地欣賞這個世界，毫無芥蒂地談天說地，我很享受這段時光。我們走進一些想逛的店家，時間再晚也不覺得可怕了（當然，也可能是因為我跟一名高大男性走在一起，所以才不那麼可怕）。無論如何，這種感覺很新鮮。

　　我看見自己這個樣子，不由得心想：「啊，與過往相比，我的人生充實很多，也變得很有安全感。」自從結婚之後，懷著徬徨無助的心情出門散步的次數減少了許多。

　　以前，我會花三、四個小時來認真走路，那時的我是真的感到孤獨，才會仰賴這個世界。我總是在散步的路上，看著熙熙攘攘的都市。那時我覺得自己十分辛苦，卻不覺得寂寞，現在才知道是怎麼回事。仔細回想，那時我也在無意中覺得「想要一個能夠一起走下去的伴侶」，如今這個夢想已經實現，我在寫下這段文章時，也覺得宛如奇蹟。

　　無論如何，那天的夜遊變成一個契機，後來我倆經常一起散步。只要不下雨，幾乎每天都會出門。每一次都很愉快，每一次都很浪漫。約定好要一起度過餘生的人，會懷念跟我一起散步的時光，光憑這一點，我便已不虛此生，心中充滿感激。

屬於那段時光的平靜

　　作為自由工作者的期間，根據工作的種類，工作流程也不一樣。我是一個早起的人，有過規律生活的時期；然而，由於我會熬夜工作，生活平衡被打亂的時期也不是沒有。

　　晚上工作，通常是為了能夠獲得創意與靈感，需要獨自思考的時間。白天時，為了解決午餐，可能會買咖啡，或是外出吹風醒神，我一定會出門。在這趟清閒的外出中，我也會順便尋找靈感或是整理思緒。

　　另一方面，當我變回晨型人時，通常都是面對像動畫製作一類具有一定工作量的工作。這種時期，我就不會悠哉地外出散步，而是先坐在桌子前，好好規劃每天應該要完成的工作。即使中間有休息時間，也會因為有截稿壓力而無法好好休息。我會盡可能早一點開始工作，然後在工作室一直待到傍晚。我常聽到別人說「自由工作者的時間很彈性，不是很好嗎？」，但我偶爾也需要像一般白領一樣朝九晚五。在這樣的時期，我有屬於自己的「小確幸」。

　　那就是在暮色昏暗的晚餐時間迎接下班的喜悅，以及這個時間所帶給我的慰藉。在這個時段裡，火紅的晚霞已經退去一陣子，整個世界都變成淡薄的藍。夜幕尚未降臨，即使街燈也

還沒亮起，逐漸變暗的天色仍然有一定的亮度。

「啊，今天該做的事情都完成了！」這個想法讓我輕鬆不少。即使對自己當天的工作表現不滿意，只要一到晚餐時間，我就會告訴自己「明天再繼續加油吧！」，情緒也會變得暢快。延續這份心情，我騎上腳踏車，去超市買啤酒或飲料。超市裡都是剛下班的人，比平時還要熱鬧。

結束一天行程的人們奔走通勤的獨特聲響充斥著大街小巷。離家越近，汽車引擎聲、喧嘩聲、摩托車引擎聲等等，全都像是從遠方傳來一般逐漸模糊。冬季的夜晚來臨時，燈火會稍早一點亮起，進而萌生一年馬上就要結束的感覺，令人稍感失落。

只有這種「黃昏」時段才有的和平，彷彿能夠好好地結束一整天的氣氛，著實成為我的慰藉。不過，在什麼事情都不用做的日子裡迎接夜晚，與努力工作之後迎接夜晚，是兩種完全不同的心情。我認為那是只有努力工作一整天的人才能夠享受到的氣氛。距離寫下這篇文章的此刻，我也頗久沒有體會到這種感覺了。我真的有些懷念忙碌一整天後的夜晚氣氛呢！

下班路上

照亮下班路的光芒，
來自書店。
讓人感到一股安心。

都市的夜晚

燈火閃爍的都市。

天色漸暗也不黑暗的都市。

都市的夜晚，人們的光聚成群星。

對努力行走的我來説
對這麼努力的我來説

　　我從高中開始就喜歡拍照，在街上看見的人事物經常被我用照片記錄下來。然而我既不是攝影師，我的照片也沒什麼藝術性的主題，這些照片只是我的觀察與回憶，並不是能夠拿出來獻醜的作品。我看過一些紀錄片攝影師的書，十分憧憬這份工作，但我從不認為我的照片能夠拿來用，因為還太稚嫩了。我曾無數次想，如果能把親眼所見之物都畫出來就好了，可當時沒能實現夢想。大學時，我主修政治及法律，本想過要轉去美術相關科系，但我只有兒時模仿漫畫及胡亂塗鴉的經驗，這就是我全部的實力，不用說什麼才能了，就連握筆的方式和畫圖的風格是什麼都不知道，倘若真的能把親眼所見的事物如實畫出來，我畢生再沒有其他願望。

我曾無數次問自己，鞭答自己的大腦：「我真正擅長的事情是什麼？」我決心把畫畫當成志業，是在我即將升上大學四年級的時候。當時我苦惱著要休學，還是繼續完成學業，最終決定先付出行動，開始去上業餘的美術課程。我到二十四歲才開始自學繪畫，但那時完全沒想過要畫風景，直到某次在大學聽課時，覺得課程太無聊便順手畫起厚岩洞的行道樹，沒想到比想像中有意思，畫出來的作品也讓我很滿意。

　　又畫了幾次風景之後，即使我仍然沒有傑出的實力，仍十分幸運地開始了插畫家這份工作。我的作品以厚岩洞的風景為主。這樣渾渾噩噩持續畫插畫，直到二十七歲的二〇一七年，我投履歷到一間名為「以筆代想」的動畫工作室，並錄取成為背景美術團隊的一員，那時我才正式接觸背景美術。二〇一八年，我離開那間公司。這一年的工作期間，我每天都專注在畫背景，實力提升了不少。

　　藉由這個契機，我拿出以前散步時拍的照片，打算一張一張畫出來。我每天都將自己的作品上傳到 Grafolio 與 Instagram，繪製風景插畫變成我最主要的工作，自然而然地就這樣了。我累積了許多作品，並得到開設網路課程的機會，課程主題便是「風景畫」，後來還成為那個平台上人氣第一的熱門課程。這個熱度維持很久，讓我品嚐到經濟自由的甜頭，那是我過去未曾體驗過的。如今，我竟然還能將散步的故事與插畫集結成一本書。

　　當我下定決心「一定要再次拿起畫筆」時，我並沒有預料到這個結果。我喜歡散步，也喜歡風景，但我沒預料到我可以把這些事物畫出來，甚至持續以此為業。起初，我只是想要嘗試畫出自己喜歡的東西，順其自然就開始畫起風景，也延續這

我的第一張街道圖 2017。

個想法成為背景美術師，累積了數十張插畫作品。我畫的第一張風景就是厚岩洞，以這張風景圖作為起點，四年後我在厚岩洞開了第一場風景畫展。不管怎麼看，這都是我最喜歡的兩項行為——「散步」與「畫圖」——的相遇，既養活了我，也讓我持續有工作，既神奇又像是一種必然。

　　這本書中的風景畫並沒有任何人叫我畫，只是我單純地畫下自己喜歡的景象，是我傾注了努力與愛所畫出的作品；是我一邊擔心自己未來能做什麼工作，一邊懷疑自己能否真的將感覺到的氣氛畫進插畫中，享受一張又一張嘗試的過程所畫下的作品。

　　越是拓展身為插畫家的人生，散步為我帶來的感受就越是輕盈。因為走過一天又一天，我漸漸能夠以自己想要的樣子生活。所謂人生，每天都像是第一次，只要心生疑問，我就會再次為了獲得解答而出門。但我唯一能夠確定的是，無論是以前的我、還是現在的我，每一次散步都很幸福。我想要對在這段時間裡努力行走、努力畫圖的我說聲「謝謝」。

Epilogue

　　本書中的插畫是過去六年間，我透過社群平台公開過的作品。事實上，許多畫畫的人大概也是如此，我在展示自己的作品時，總是非常小心翼翼，經常擔心這些畫作公諸於世會丟人現眼。

　　然而，每次當我上傳畫作後，都會收到許多溫暖的留言和訊息，與我的擔憂背道而馳。「謝謝您畫出這些作品」、「沒想到可以在畫裡看見自己每天通勤的路，謝謝您」、「不知為什麼就想起了兒時的回憶，感覺很溫暖」、「好想把這幅畫送給母親當做禮物」、「心裡暖暖的」、「在別人眼中，我跟我的小孩也可以這麼美好嗎？」。

　　作畫的時候，我也經常這麼想：「我想留下自己曾見過的美好事物，我想留下自己曾遇見的世界，此外，我還要擁有它們。」最初拿起畫筆的心情，只為了我的野心而牽動。不過仔細觀察，就會發現這些作品是我與人們相遇，從各自的心情出發所激盪出的全新感受。

　　受到大家的喜愛與感謝，使我得到繼續作畫的勇氣，承蒙

大家的厚愛，這本書才能夠順利問世。過去，我一直覺得非常可惜，只能讓大家透過手機看我的作品，進而想要讓所有人都能親手觸摸、擁有這些畫作。我希望自己的作品能夠在某些人的書櫃上佔據一隅，成為代表我們時代、我們模樣的合輯，隨時都可以拿出來觀賞、收藏，然後再跟新的讀者相遇，並受到喜愛。

　　感謝出版社以及許多關心我作品的人，讓我的作品能夠遇見更廣闊的世界。

2021年，秋天

Banzisu 敬上

插畫索引

Essential 41

喜歡，普通生活
보통의 것이 좋아

作　　者　Banzisu 潘芝秀
譯　　者　郭宸瑋
封面設計　張添威
排　　版　立全排版
主　　編　詹修蘋
版權負責　李家騏
行銷企劃　黃蕾玲、陳彥廷
副總編輯　梁心愉

初版一刷　2024年5月13日
定價　新台幣380元

出版　新經典圖文傳播有限公司
發行人　葉美瑤
地址　臺北市中正區重慶南路一段57號11樓之4
電話　886-2-2331-1830　傳真　886-2-2331-1831
讀者服務信箱　thinkingdomtw@gmail.com

總經銷　高寶書版集團
地址　臺北市內湖區洲子街88號3樓
電話　886-2-2799-2788　傳真　886-2-2799-0909
海外總經銷　時報文化出版企業股份有限公司
地址　桃園市龜山區萬壽路二段351號
電話　886-2-2306-6842　傳真　886-2-2304-9301

國家圖書館出版品預行編目(CIP)資料

喜歡，普通生活/Banzisu圖．文. -- 初版. -- 臺北
市：新經典圖文傳播有限公司, 2024.05
192面；14.8x21公分. -- (Essential ; 41)
譯自：보통의 것이 좋아
ISBN 978-626-7421-24-6(平裝)
EAN 978-002-0240-78-5

862.6　　　　　　　　　　　113004783